BuzzPop

an imprint of Little Bee Books, Inc.

New York, NY

Copyright © 2019 Disney Enterprises, Inc.

BuzzPop and associated colophon are trademarks
of Little Bee Books.

Manufactured in China RRD 0621

First Edition

10 9 8 7 6 5 4 3

ISBN 978-1-4998-0941-1

buzzpopbooks.com

For information about special discounts on bulk purchases,
please contact Little Bee Books at sales@littlebeebooks.com.

Al salir el sol sobre la sabana africana, todos los **animales** de las Praderas se reunieron.
As the sun rose over the African savannah, all the **animals** of the Pride Lands gathered together.

Iban de camino a la Roca del Rey para **celebrar** el nacimiento del hijo del rey.
They were on their way to Pride Rock to **celebrate** the birth of the king's son.

El cachorro de león recién nacido del rey Mufasa y la reina Sarabi se **llamó** Simba.
King Mufasa and Queen Sarabi's newborn lion cub was **named** Simba.

Rafiki, el sabio **babuino**, se quedó en lo más alto de la Roca del Rey.
Rafiki the wise **baboon** stood on top of Pride Rock.

Sujetó a Simba para que lo viera todo el **reino**.
He held up Simba for the whole **kingdom** to see.

Los animales aclamaron al **león** que se convertiría en rey en el futuro
The animals cheered for the **lion** who would one day become their king.

Pero no todos era **felices**.
But not everyone was **happy**.

Skar, el hermano de Mufasa, quería ser el próximo **rey**.
Scar, Mufasa's brother, wanted to be the next **king**.

Él **juró** que encontraría la manera de conseguir el poder.
He **vowed** to find a way to take power.

Pasó el tiempo y Simba **creció** y se convirtió en un valiente cachorro.
Time passed, and Simba **grew** into a brave young cub.

Una mañana, Mufasa le enseñó a Simba lo que era el ciclo de la **vida**.
One morning, Mufasa taught Simba about the circle of **life**.

—Todo existe en un equilibrio muy delicado… **respeta** a todas las criaturas porque todos estamos conectados —dijo Mufasa.
"Everything exists together in a delicate balance. . . . **Respect** all creatures because we are all connected," said Mufasa.

Luego, Mufasa dijo que todo lo que toca la **luz** sería el reino de Simba algún día, excepto el lugar de sombras más allá de sus fronteras.
Then, Mufasa said that everything the **light** touched would one day be Simba's kingdom, except for the shadowy place beyond their borders.

Mufasa advirtió a Simba que no debía ir allí **nunca**.
Mufasa warned Simba that he must **never** go there.

Más tarde, Simba le dijo a su **tío** Skar que su padre le había enseñado todo el reino.
Later that day, Simba told his **uncle** Scar that his father had shown him the whole kingdom.

Skar le preguntó si Mufasa le había enseñado lo que había más allá de las **fronteras** del reino.
Scar asked if Mufasa had shown Simba what lies beyond the kingdom's **borders**.

—Solo van los leones **más valientes** —dijo Skar.
"Only the **bravest** lions go there," said Scar.

Pero Simba no se dio cuenta de que Skar estaba **conspirando** para deshacerse de él.
But Simba didn't realize that Scar was **plotting** to get rid of him.

Así que Simba se fue corriendo a casa y le pidió a su mejor **amiga**, Nala, que fuera a explorar con él.
Instead, Simba ran home and asked his best **friend**, Nala, to go exploring with him.

Simba y Nala **corrieron** hasta la frontera de las Praderas mientras Zazú, el mayordomo del rey, les vigilaba.
Simba and Nala **raced** to the border of the Pride Lands while Zazu, the king's advisor, watched over them.

Cuando Simba y Nala llegaron a la frontera, aparecieron las **hienas**.
When Simba and Nala reached the border, three **hyenas** appeared.

Skar había **enviado** a las hienas para deshacerse de Simba de una vez por todas.
Scar had **sent** the hyenas to get rid of Simba for good.

¡Mufasa **llegó** justo a tiempo!
Mufasa **arrived** just in time!

Tiró a las hienas contra el **piso**.
He knocked the hyenas to the **ground**.

   —¡No vuelvan a acercaros a mi **hijo**! —dijo Mufasa.
"Don't ever come near my **son** again!" said Mufasa.

Mufasa estaba **decepcionado** porque Simba no le obedeció y fue más allá de las fronteras de las Praderas.

Mufasa was **disappointed** in Simba for disobeying him and going beyond the Pride Lands' borders.

Él **amaba** a su hijo y no quería que saliera herido.

He **loved** his son and didn't want him to get hurt.

Mufasa le dijo a Simba que los grandes reyes del pasado les observan desde las **estrellas**.

Mufasa told Simba that the great kings of the past looked down on them from the **stars**.

—Esos reyes **siempre** estarán ahí para guiarte… y yo también —dijo Mufasa.

"Those kings will **always** be there to guide you . . . and so will I," said Mufasa.

Mientras tanto, Skar estaba **enfadado** con las hienas.
Meanwhile, Scar was **angry** with the hyenas.

—¡Les envolví como regalo a esos dos **cachorros** y no pudieron eliminarlos!
—dijo Skar.
"I practically gift wrapped those **cubs** for you, and you couldn't even dispose of them!"
said Scar.

Pero Skar tenía otros **planes** para deshacerse de Simba y de Mufasa.
But Scar had another **plan** to get rid of Simba and Mufasa.

Al día siguiente, Skar llevó a Simba a un **desfiladero** y le dijo que esperase a su padre allí.

The next day, Scar brought Simba to a **gorge** and told him to wait for his father there.

¡Skar les había dicho a las hienas que persiguieran a una manada de **ñus** para que llegaran hasta Simba!

Then, Scar had the hyenas chase a herd of **wildebeests** right toward Simba!

Skar encontró a Mufasa y le dijo que Simba estaba en **peligro**.

Scar found Mufasa and told him that Simba was in **danger**.

Mufasa saltó al desfiladero y **salvó** a su hijo.
Mufasa leapt into the gorge and **saved** his son.

Pero cuando Mufasa intentó **escalar** para ponerse a salvo, Skar le bloqueó y le agarró de las patas.
But when Mufasa tried to **climb** to safety, Scar blocked him, grabbing his paws.

—Que viva el **rey** —dijo Skar.
"Long live the **king**," said Scar.

Y luego **tiró** a Mufasa al acantilado.
Then, he **threw** Mufasa from the cliff.

Simba no **vio** cómo Skar mataba a su padre.
Simba did not **see** Scar kill his father.

Se culpó a sí mismo por la muerte de Mufasa.
He **blamed** himself for Mufasa's death.

—¡Fue un **accidente**! —dijo Simba— ¿Qué voy a hacer?
"It was an **accident**!" said Simba. "What am I gonna do?"

Skar le dijo a Simba que **huyera** y no regresara nunca.
Scar told Simba to **leave** and never return.

Simba hizo lo que le dijo su **tío** y abandonó las Praderas.
Simba did as his **uncle** said, and left the Pride Lands.

Un jabalí verrugoso llamado Pumba y un suricato llamado Timón encontraron a Simba y se lo llevaron a su **hogar** en la selva.
A warthog named Pumbaa and a meerkat named Timon found Simba and brought him to their **home** in the jungle.

Timón le enseñó su **lema** a Simba: *hakuna matata*, que significa "no te angusties".
Timon taught Simba his **motto**, *hakuna matata*, which meant "no worries."

—Tienes que dejar el **pasado** atrás —dijo Timón.
"You gotta put your **past** behind you," Timon said.

Pasaron los años y Simba se convirtió en un león adulto mucho más **fuerte**.
The years went by, and Simba became a **strong**, full-grown lion.

Se quedó en la **selva** con Timón y Pumba: dejó su pasado atrás y solo vivía
el presente.
He stayed in the **jungle** with Timon and Pumbaa, putting his past behind him and
living in the present.

Un día, Nala **encontró** a Simba.
One day, Nala **found** Simba.

Le dijo a Simba que tenía que volver a las Praderas y ocupar su lugar como **rey**.
She told Simba that he had to come back to the Pride Lands and take his rightful place as **king**.

—Skar ha dejado que las hienas tomen el control. No hay **comida** ni agua. Eres nuestra única esperanza —dijo Nala.
"Scar let the hyenas take over. There's no **food**, no water. You're our only hope," said Nala.

Simba no estaba seguro de si podría **ayudar**.
Simba was not sure if he could **help**.

Aquella noche, Rafiki le hizo una **visita** a Simba.
That night, Rafiki **visited** Simba.

Le dijo a Simba que su **padre** todavía estaba vivo.
He told Simba that his **father** still lived.

Rafiki llevó a Simba a un **estanque** y le señaló su reflejo en el agua.
Rafiki brought Simba to a **pond** and pointed at his reflection in the water.

　—¿Ves? Él **vive** en ti —dijo Rafiki.
"You see? He **lives** in you," said Rafiki.

De repente, Mufasa apareció en las **nubes**.
Suddenly, Mufasa appeared in the **clouds**.

Le dijo a su hijo que volviera a su **hogar** y que tenía que ocupar su lugar en el ciclo de la vida.
He told his son to return **home** and take his place in the circle of life.

Simba tenía que salvar el **reino** de las garras de Skar.
Simba had to save the **kingdom** from Scar.

A la mañana siguiente, Simba **volvió** a las Praderas.
The next morning, Simba **returned** to the Pride Lands.

Los ojos de Skar se abrieron mucho por **miedo** cuando vio a Simba.
Scar's eyes widened in **fear** when he saw Simba.

—Renuncia o pelea —dijo Simba.
"Step down or fight," said Simba.

Skar y Simba **lucharon**.
Scar and Simba **fought**.

Skar **admitió** que había matado a Mufasa.
Scar **admitted** that he killed Mufasa.

Simba le ordenó a Skar que **se fuera** y nunca regresara, como Skar le había dicho a Simba una vez.
Simba ordered Scar **to leave** and never return, as Scar had once told Simba.

En vez de eso, Skar **se lanzó** hacia Simba.
Instead, Scar **lunged** at Simba.

Skar se cayó y **nunca** más se supo de él.
Scar fell and was **never** heard from again.

En cuanto se fue Skar, Simba ocupó su legítimo lugar como **rey**.
With Scar gone, Simba took his proper place as **king**.

Pasado un tiempo, Simba y Nala tuvieron su propio **cachorro** y Rafiki lo levantó para que todos los animales lo vieran.
Some time after, Simba and Nala had their own **cub**, and Rafiki held the newborn up for all the animals to see.

El ciclo de la **vida** continuó.
The circle of **life** continued.